SUZANNE À LA POMME

Ce livre a été réalisé avec le soutien du Ministère de la Culture de la Fédération Wallonie-Bruxelles

Retrouvez tous les livres de maelstrÖm reEvolution

à la Boutique-librairie maelstrÖm 4 1 4

Ouvert du Mercredi au Samedi de 14h à 19h ou sur rendez-vous
364, chaussée de Wavre — 1040 Etterbeek — Belgique
Tel. : +32 (0)2 230 40 07
maelstrom414@maelstromreevolution.org

ISBN : 978-2-87505-364-0

Dépôt légal : 2020/9407/8

Jacques De Decker

Suzanne à la pomme

Récit

Mis en images par Maja Polackova

maelstrÖm reEvolution

À Francine Van Hove

Et vous auriez acheté quelque chose, Suzanne ?

Le plus chouette dans ce travail, c'est l'horaire. De onze à dix-neuf, avec deux nocturnes le jeudi et le vendredi, qui peuvent se terminer tard, mais qui, en général, ne dépassent pas les neuf heures du soir, c'est cool. Le quartier du Sablon est sympa aussi, il y a plein de boutiques dans les environs, j'ai le temps d'y aller avant l'ouverture, et le samedi, où on ferme l'après-midi. J'ai déjà dit à la patronne qu'elle pouvait rouvrir après la pause, mais elle n'a rien voulu entendre. C'est pas pour notre clientèle, elle m'a dit, les acheteurs, à ce moment-là, sont déjà partis en week-end, alors pour ne plus avoir que les lécheurs de vitrines, ça ne m'intéresse pas. J'ai tenté de lui dire que j'en faisais partie, de ces gens-là, quand je passais dans le coin jadis, et qu'il m'arrivait de m'écraser le nez contre la vitre, pour voir un peu ce qui était exposé. Et vous auriez acheté quelque chose, Suzanne ? J'ai dû admettre que je n'en avais de toute façon pas les moyens. Elle m'a répondu : vous voyez bien. J'ai pensé riposter que je n'avais pas davantage les sous maintenant, qu'elle aurait intérêt à mieux me payer pour ça, mais je n'ai pas osé.

Et puis, de quoi je me plaindrais ? J'ai eu de la chance d'avoir la place. C'est moins fatiguant que dans la confection. Elles courent tout le temps, les filles dans les boutiques. Ici, c'est la paix royale. Les gens, la plupart du temps, ne m'adressent même pas la parole. Ou alors simplement pour me demander la liste des prix. Ils me la rendent tout de suite, la plupart du temps, ou alors ils l'examinent longuement, vont d'un cadre à l'autre, comparent, lèvent les yeux pardessus leurs lunettes, regardent le tableau, puis replongent dans la liste, font du calcul mental. Le plus souvent, ils me rendent la feuille sans rien dire, et sortent comme ils étaient entrés. Parfois, c'est très rare, ils en demandent plus. Et c'est alors que j'appelle la patronne.

Elle n'habite pas très loin, rue de Rollebeek. Avec le portable, je l'atteins toujours. Sauf quand elle est en chasse, comme elle dit. En chasse de quoi ? me suis-je souvent demandé. Elle dit qu'elle est dans les ateliers. Elle va voir les artistes, ceux de la galerie. J'ai mon écurie, dit-elle parfois, et j'ai chaque fois l'impression qu'elle distend ses naseaux, et qu'elle renifle l'odeur du foin. Je l'imagine très bien, entourée de son petit troupeau d'étalons-peintres. Ou photographes. Ce sont toujours des hommes, d'ailleurs. Comme s'il n'y avait pas de femmes artistes. Bizarre, tout de même, cette absence de femmes.

Sauf dans les cadres eux-mêmes. Là, les femmes ne manquent pas. Les hommes les peignent sans cesse. C'est à croire qu'ils ne pensent qu'à elles. La galerie, je dois l'avouer, m'a attirée parce qu'elle m'a toujours semblé peuplée de femmes peintes, ou photographiées. Chaque fois que je passais devant, j'avais l'œil attiré par ces corps de femmes. Même habillées, elles paraissaient nues. Toutes ces femmes, dans la vitrine, me parlaient des hommes. C'était comme si je me voyais dans leur regard. On ne sait jamais ce qu'ils voient vraiment, comment ils nous voient. Là, je pouvais me faire une petite idée. Je regardais ces femmes, et j'imaginais ceux qui les avaient peintes. J'aurais voulu les rencontrer. J'étais une gamine, et je savais ce que je voulais connaître : ces hommes qui me disaient les images que les femmes leur mettaient en tête.

Un jour, je suis entrée. J'ai poussé la porte vitrée, c'était un samedi matin. Il n'y avait personne dans la galerie. Une femme était assise à une table, faite de deux tréteaux translucides et d'un panneau de verre. Elle avait l'air lasse. Elle m'observait, je le sentais, tandis que je passais d'une image à l'autre. Elles représentaient toutes des jeunes filles, parfois dans des jardins publics. Elles mangeaient des pommes, elles rêvassaient, elles avaient souvent des livres ouverts près d'elles. La lumière était chaude, on aurait dit que toutes ces scènes se déroulaient en fin d'après-midi, vers les derniers jours de l'été. Je me sentais bien dans ces images. J'ai fait plusieurs tours de l'exposition, m'arrêtant longuement devant certaines, au point que la femme a fini par m'interpeller.

Vous désirez quelque chose ? dit-elle d'abord. Je ne sus que répondre. Elle continua : Puis-je vous aider ? Avant que je ne réplique, elle ajouta : Vous vous reconnaissez ? Là, j'étais encore plus déconcertée. Moi ? lui fis-je, cherchant des yeux quelqu'un d'autre qui ne pouvait pas être présent, puisque nous étions seules. Vous, oui, dit-elle, vous n'êtes pas un des modèles ? Modèles ? fis-je. Vous n'avez pas posé pour Octave ?

J'étais tout à fait déconcertée. Non, dis-je, je ne connais pas d'Octave. J'étais sûre que vous étiez entrée pour cela. Pas du tout, je suis entrée en passant, j'ai vu les cadres, et je me suis dit que cette fois j'oserais faire le pas. Il vous a fallu du courage ? fit-elle en souriant. J'aime beaucoup cet endroit, lui avouai-je, depuis longtemps, mais c'est la première fois que je le visite.

Les choses ont commencé comme cela. Elle m'expliqua qu'elle était là par hasard, parce que son employée, c'était son expression, avait dû suivre son compagnon à l'étranger. Elle ne tenait pas la galerie d'ordinaire. Elle allait mettre une petite annonce. Si vous aimez l'endroit, pourquoi n'y travailleriez-vous pas, me dit-elle de but en blanc. Je n'en crus pas mes oreilles. J'étais dans un lieu que je n'avais même pas cru accessible et voilà que l'on me proposait d'y demeurer. J'entrais dans un jardin d'Eden, avec toutes ces jeunes filles qui l'habitaient. J'aimais leur calme, leur décontraction. Elles prenaient le temps de s'alanguir. Elles ne semblaient pas pressées par le temps. Elles vivaient dans un autre monde, et si proche cependant. Le jardin où elles s'attardaient, je le connaissais parfaitement. Je m'étais assise

Elles représentaient toutes des jeunes filles, parfois dans des jardins publics…

sur ces chaises vertes, mais je ne m'étais jamais abandonnée à la rêverie avec tant d'insouciance. Où trouvaient-elles cette tranquillité ? Dans les livres qui reposaient ouverts auprès d'elles, lorsqu'elles laissaient le sommeil les envahir peu à peu ? C'étaient des livres sans images, des livres que seuls les mots occupaient. Et ces mots eux-mêmes n'étaient pas toujours très encombrants. Je me suis mise en quête de ces livres-là…

J'ai compris qu'on les trouvait plus facilement dans des magasins de livres usagés. Lorsque j'ai trouvé le chemin de ces magasins-là, il y en a plusieurs boulevard Lemonnier, à la hauteur de la place Anneessens, j'en ai fait des étapes de mes périples du samedi après-midi. Je n'allais plus seulement dans les boutiques. Je traînais entre les tables et les rayons de ces librairies où aucun livre ne ressemblait à un autre. Il n'y en avait jamais qu'un seul exemplaire. Parfois, quelqu'un avait souligné des mots, des phrases, avait laissé son nom sur la première page. Avec des dates, quelquefois. Parfois si lointaines que je me disais que ces personnes étaient mortes, et qu'on avait trouvé leurs livres dans leurs maisons désertes. Je recueillais ces reliques. C'étaient comme des morceaux de vie emboîtés. Il y avait les livres et ceux et celles qui les avaient possédés. Parfois même, entre le livre et son détenteur, il y avait le donateur. J'en ai trouvé un avec un curieux texte sur la première page : « À la belle attristée au crépuscule, ces pages qui lui rendront le sourire… » Et c'était signé Edmond.

Qui était cet Edmond, et cette attristée ? Une date était mentionnée aussi : 19 septembre 1949. Il y avait plus d'un demi-siècle que cet Edmond avait offert ce livre à la belle femme désemparée qu'il avait rencontrée. J'essayais d'imaginer la scène. Une jeune femme en pleurs. Pleurait-elle vraiment ? Tout dépendait du lieu. Dans un parc, c'était plausible. Une jeune fille sanglote sur un banc public. Un certain Edmond s'assied à l'autre bout du banc. Il lit ce livre. Il ne regarde la jeune fille qu'à la dérobée. Pourquoi me dis-je que c'est une jeune fille ? Parce qu'elle est belle. On peut être belle à tout âge. Parce que je m'imagine à sa place ? Lorsque j'ai trouvé le livre, j'ai cru, en lisant cette inscription, qu'elle m'était adressée. Je n'étais pas attristée, pourtant. Mais j'aurais pu. On a toujours de très bonnes raisons d'être triste.

Le crépuscule, aussi. Songe-t-on à parler du crépuscule lorsqu'on n'est pas en plein air ? Je les voyais, tous les deux, dans un parc, à la tombée du jour. Lui n'a pas vu le temps passer à force d'avoir été absorbé par sa lecture. Elle est là, seule, depuis que quelqu'un lui a dit qu'elle ne faisait plus partie de sa vie. Il faut bien ça pour se sentir dévastée au point qu'un autre s'en aperçoive. J'imagine. Parce que ça ne m'est jamais arrivé. Personne n'est jamais entré dans ma vie au point que j'en sois désespérée au moment où elle en sort, la personne en question. Je sais que ça se passe ainsi dans les romans, et dans les vieux films. Pas dans le livre qu'Edmond avait offert à l'inconnue.

Il s'appelle *Les Toits de Saint-Placide* et se passe dans une petite ville de province. Un jeune professeur vient s'y installer. Les deux filles du maire sont folles de lui, mais il tombe amoureux de la femme du notaire. Et puis il est envoyé dans une autre ville pour y donner cours. Les filles du maire quittent la ville à leur tour : il leur a en donné le goût. La femme du notaire lui souhaite beaucoup de bonheur. Elle lui dit au moment de la séparation : « Revenez me voir. Ils reviennent tous me voir. » Le professeur se dit qu'elle lui trouvera bien vite un remplaçant. Il y a de quoi rendre le sourire à une jeune femme démoralisée, même il y a plus d'un demi-siècle, c'est vrai. Edmond a eu raison de lui glisser le roman qu'il venait peut-être de finir de lire.

Est-ce qu'ils se sont parlé, à ce moment-là ? Edmond et l'inconnue se sont-ils rapprochés l'un de l'autre ? Elle n'a certainement pas voulu entendre quoi que ce soit. Dans ces moments-là, on veut rester seule avec son chagrin, j'imagine. Et sûrement pas entendre une voix d'homme. Si j'avais été là — peu probable : ma mère n'était pas née à l'époque —, j'aurais essayé de la sortir de là, moi aussi. Avec mes mots à moi. Pas ceux du livre.

Qu'est-il devenu, le livre, d'ailleurs ? Comment a-t-il abouti dans cette caisse, où il se vendait une pièce, plus de cinquante ans plus tard ? Edmond n'est probablement plus là. Je suis sûre qu'il était plus âgé que l'inconnue : il s'est comporté comme un grand frère, comme un oncle. Il s'est servi du livre pour qu'il parle à sa place. Mais l'inconnue ? Elle devait avoir atteint les trois quarts de siècle, par là. Ces *Toits de Saint-Placide*

J'aimais leur calme, leur décontraction…

m'informaient de deux moments très importants de la vie d'une même femme dont je ne savais même pas le nom : un de ces grands chagrins, et sa mort probable. Elle n'a pas pu se défaire de ce livre, qu'elle avait gardé si longtemps. Ce sont d'autres qui l'ont fait, en vidant son habitation. Ils ont mis ses livres dans une caisse, sans même les ouvrir, sans les regarder, et *Les Toits de Saint-Placide* étaient dans le lot.

Combien de fois avait-elle ouvert le livre, à la page en question, celle du message d'Edmond, qui n'avait pas inscrit son adresse ? Quelle époque ! Aujourd'hui, sur mon portable, j'ai les numéros de dizaines de copains que j'atteins à la seconde où je pense à eux. Je peux même leur envoyer un message à tous en même temps, si je veux. Là, une femme pleure toutes les larmes de son corps — c'est comme ça que je l'imagine, sur ce banc, à s'essuyer les yeux avec ses cheveux — et un homme, un certain Edmond, lui offre le livre qu'il est en train de lire, lui écrit quelques mots adorables dessus, et ne lui donne pas la moindre piste pour qu'elle le retrouve. Elle fait sa vie, épouse sans doute quelqu'un d'autre, a des enfants, regarde, dans ses moments de déprime, le message que contient le livre, se reconnaît dans la belle inconnue au crépuscule, même lorsque les années ont fait leur ouvrage, a des petits-enfants de mon âge qui bradent ses livres, y compris celui qui lui a apporté ces réconforts passagers. Et moi, j'hérite de ce petit trésor.

Un jour, la patronne a saisi un des livres qui traînaient sur la table, près du téléphone. Mon Dieu, vous lisez des poèmes ? Et dans de si vieilles éditions ? Ou avez-vous déniché ça, vous tenez ça de votre grand-mère ? Je lui ai dit que je les achetais. Collectionneuse, alors ? Vous êtes sur la bonne voie, mon petit ! Elle avait l'air ravie, comme si elle avait mis la main sur un oiseau rare. J'étais sa trouvaille à elle. Je me suis demandé quelles étaient les autres filles qui m'avaient précédée dans la galerie. Comment avaient-elles pu quitter un endroit pareil ? À moins que ce soit la patronne qui ait mis un terme à leur fonction. Celle que j'avais remplacée avait, disait-elle, suivi son compagnon. Je ne me voyais pas, moi, suivre quelqu'un si je me trouvais bien quelque part. Et je me sentais de mieux en mieux dans cet espace ouvert sur la rue, mais tellement bien protégé de celle-ci. Le spectacle de la rue était d'ailleurs une joie en soi. Lorsque je ne suivais pas, d'un regard que je voulais discret, les visiteurs qui s'attardaient devant les tableaux, ou que je ne lisais pas mes vieux livres, je regardais la rue. Elle m'était offerte comme dans un cadre, le plus vaste que nous exposions, puisqu'il occupait tout le quatrième mur. Il m'arrivait, lorsque la journée était particulièrement calme, de ne pas quitter cette tranche de vie quotidienne des yeux. Moi, j'étais cantonnée parmi les images peintes ou photographiées, et face à moi se déroulait le spectacle des jours. Le petit café d'en face, le magasin de lingerie, la boutique de trains électriques. J'avais vue sur ces trois façades de la rue des Minimes, qui étaient comme le décor de ce théâtre permanent.

Le café avait la clientèle la plus mélangée. Les jeunes ne le fréquentaient qu'à midi, comme moi, d'ailleurs, qui allais souvent y prendre mon déjeuner durant la pause. La patronne avait insisté pour que je ne mange pas mon sandwich en lisant à ma table. Ça fait mauvais genre, mon petit, songez que l'on vous voit de la rue, vous êtes exposée vous aussi, ne l'oubliez pas ! Vous suspendez la petite pancarte qui indique que vous vous êtes absentée et vous ne vous éloignez pas trop. Je n'étais jamais très loin : j'étais au café d'en face. Il s'appelait d'ailleurs « Le café d'en face ». J'ai voulu savoir pourquoi. On m'a dit que cela remontait très loin, au temps où la galerie n'existait pas encore. Il y avait un autre café à la place. Où travaillait un jeune homme qui s'était disputé avec son patron. Pour une question de salaire, une affaire d'argent en tout cas. Au moment de partir, avant de claquer la porte, il avait dit : Nous nous reverrons ! Quelques années plus tard, il reprenait l'établissement situé juste en face de son ancien patron, lui donnait ce nom qui était comme une déclaration de guerre, et entamait une concurrence acharnée. Il arriva à ses fins : son ancien patron, au bout de quelques années, lâcha prise. Je n'ai jamais pu admettre que l'endroit où je travaillais ait pu être jamais autre chose que cette galerie, que cet espace vide et silencieux que venaient envahir des images par périodes, cette caverne d'où l'on pouvait observer le spectacle du monde, et dont j'étais la seule occupante. Comme je n'ai jamais compris que la patronne me cède ainsi sa place.

Oh, moi, me dit-elle un jour, je n'ai jamais pu tenir plus d'une semaine dans cette cellule !

Même habillées, elles paraissaient nues…

Je devenais folle. Je m'en allais sous le moindre prétexte, je mettais la pancarte dès midi, et je ne revenais plus. Le lendemain, je trouvais des messages sur le répondeur, ou des mots glissés sous la porte. Des mots doux, quelquefois. C'est comme ça que j'ai séduit quelques hommes, remarquez, me glissa-t-elle un jour sans en dire plus, comme si elle regrettait déjà ce qu'elle m'avait confié. J'aurais tant voulu en savoir plus long. J'ai tenté de la remettre sur la voie. Un matin qu'elle me demandait s'il y avait du courrier, je lui dis : Non, pas grand-chose, même pas un mot doux. Elle me regarda, surprise : Pour vous ou pour moi ? Pour vous, bien sûr, m'enhardis-je. Merci du compliment, me fit-elle, mais les mots doux, maintenant, c'est à vous qu'ils vont s'adresser.

Je préférais mes vieux livres. Oh ! Que j'aime la solitude ! me disait l'un, que ces lieux sacrés à la nuit, éloignés du monde et du bruit, plaisent à mon inquiétude ! Je m'y glissais, je m'y lovais, je m'y recroquevillais, dans ces mots. Ils permettaient d'être ailleurs, très loin, de me faire souvenir de choses anciennes, ou jamais vues, ou inouïes. Je suis au cœur de la ville, et c'est au bord de la mer que je m'enfuis, et je vois le soleil s'y coucher. Tantôt, la plus claire du monde, elle semble un miroir flottant, et nous représente à l'instant encore d'autres cieux sous l'onde : le soleil s'y fait si bien voir, y contemplant son beau visage, qu'on met quelque temps à savoir si c'est lui-même ou son image, et d'abord il semble à nos yeux qu'il s'est laissé tomber des cieux. Quel amant me tiendrait des discours pareils, m'écrirait d'aussi beaux vers ?

En face, aussi, il y a ce magasin de trains électriques. Un grand paysage en occupe tout l'étalage. Des montagnes, des forêts, où circulent de petits trains qui passent des ponts et s'engouffrent dans des tunnels. Des enfants s'y arrêtent, bien sûr, mais ce ne sont pas les plus assidus. Il y a aussi des vieux messieurs qui ne parviennent pas à s'arracher à la vitrine. Et qui entrent dans le magasin, se font montrer des modèles, sortent tout contents avec leur petite boîte sous le bras. Je les imagine très bien chez eux, posant leur petite machine sur les rails de leur circuit et les suivant des yeux dans leur périple. Ils sont comme moi, ils regardent le monde, moi par ma façade transparente, eux dans leur univers en réduction. Sont-ce de grands enfants ? À voir leur sourire lorsqu'ils passent la porte du magasin, la joie qu'ils ont de porter leur trésor, j'ai l'impression qu'ils n'ont plus d'âge, qu'ils sont tout entiers dans la satisfaction de leur désir. Je les aime bien, ces vieux messieurs. Rien ne les distrait de leur rêve éveillé, même pas les galanteries du « Sens dessus dessous ».

Cette halte-là est la plus captivante à observer. C'est là que travaille Véronique. Elle a été la première à me souhaiter la bienvenue dans le quartier. Elle a débarqué dans la galerie un midi, sans crier gare. Elle est venue droit vers moi, m'a saluée, s'est présentée. Je suis la fille d'en face, vous venez d'arriver, je vous tiens à l'œil depuis hier. Qu'est-ce que vous faites ce midi ? Une minute plus tard, nous étions attablées au café. Et Véronique me racontait la première de ses histoires. Celle d'Amédée, son client le plus assidu, qui lui avait communiqué les mesures de ses trois amies et venait chaque saison aux nouvelles. Ils voulaient, disait-il, qu'elles soient les plus élégantes, mais seulement pour lui. Enfin, j'espère, avait-il dit. Vous espérez quoi ? Que ce ne soit que pour moi. Véronique avait souri : Ça ne fait pas mon affaire, avait-elle dit. Si vous êtes seul à voir vos amies en dessous, ça ne m'amènera pas de clients. Vous voudriez que je transforme mes amies en femmes-sandwichs pour votre boutique ?

Ils avaient ri. Amédée n'était plus tout jeune, mais ses amies l'étaient. Il n'avait jamais été déplacé avec Véronique. Il la considérait de plus en plus comme sa complice. Très vite, elle avait compris les différences entre ses trois grâces. Il n'y avait aucun mérite à ça : dès le premier jour, il avait donné leurs mensurations. À chaque visite, il l'informait davantage. Teinte et coupe de cheveux, type de peau, elle savait qu'il y en avait une à la peau de lait, l'autre à la peau mate, que la troisième était très basanée. Elle avait osé lui dire qu'il était très verni d'avoir trois amies qui, semble-t-il, ne se faisaient pas la guerre entre elles. Ça, c'est mon don à moi, avait-il souri derrière ses petites lunettes. C'est sans doute parce que je suis chauve. Elles me passent la main sur le crâne, et elles croient toutes les trois que je leur porte chance. En fait, je suis né coiffé, même si ça ne se voit pas. Les fées se sont penchées sur mon berceau et continuent à me vouloir du bien, je dois tenir ça de mon nom. J'avais souri en me

Je traînais entre les tables et les rayons de ces librairies où aucun livre ne ressemblait à un autre…

rendant compte qu'Amédée voulait dire « aimé des dieux »...

Véronique a plein d'histoires de ce genre à raconter. Elle a fait des études de psychologie, elle ne trouvait pas d'emploi. Elle s'est présentée suite à une annonce. Vous êtes surqualifiée ! lui avait dit le patron, mais vous avez le style. Elle ne lui avait jamais demandé ce qu'il entendait par là. Elle préférait ne pas le savoir. Jusqu'au jour où il avait laissé échapper qu'il était quasiment né dans ce magasin. Ma mère, le mercredi après-midi, parfois le samedi, me permettait de rester, parce que je ne voulais pas m'éloigner d'elle. On disait que je vivais dans les jupes de ma mère. Ses amies s'en inquiétaient. Moi, je n'avais qu'une crainte : celle de ne plus pouvoir rester dans la boutique. Le couperet est tombé lorsque j'ai eu douze ans. À cause d'une cliente, qui a prétendu que je l'avais vue dans la cabine d'essayage. Je n'ai pas pu nier. Elle avait attiré mon regard. Une femme très belle, avec beaucoup de style. Le mot, qui lui semblait coutumier, avait frappé Véronique. Elle en avait profité pour lui demander ce qu'il entendait par style. De l'élégance, de la classe. Ce sont ces femmes dont nous, je veux dire les hommes, nous demandons comment elles sont faites, qu'on n'arrive pas à déshabiller du premier coup d'œil, vous voyez ce que je veux dire ? Je n'ai pas répondu, tu penses, m'a fait Véronique, mais j'ai compris pourquoi il avait engagé quelqu'un de surqualifié comme moi : il n'arrive peut-être pas à me déshabiller du regard.

Lorsqu'on est « En face », je garde toujours un œil sur la galerie. Le patron du bistrot nous garde une table près de la fenêtre, d'où je peux observer la rue. Lorsque quelqu'un pousse la porte, je me hâte d'aller lui ouvrir. Surtout lorsqu'il a l'allure d'un client. Et des allures de clients, il y en a d'innombrables ! Il ne faut surtout pas se fier à leur tenue. Le plus fidèle de nos collectionneurs ne paie vraiment pas de mine. Il est habillé n'importe comment. C'est comme si tout son argent s'en allait en œuvres d'art. C'est pas lui qui irait se ruiner chez Véronique pour parer ses petites amies. Il ne doit pas en avoir, d'ailleurs, des petites amies. Il les préfère en images. Je me demande même s'il m'a jamais regardée. Il est là, les veilles de vernissage, lorsqu'on est occupées à disposer les cadres. La patronne peut y passer des heures et est intraitable sur la question.

L'artiste, au bout d'un certain temps, n'essaie même plus d'intervenir. Il la voit virevolter dans la galerie, déplacer les cadres en tous sens, les organiser dans l'espace, et personne, bientôt, ne prend plus le risque de se mêler de son manège. Les tableaux doivent, à ses yeux, nouer des liens qu'elle est la seule à deviner. On ne suit pas toujours le raisonnement secret qu'elle élabore dans sa tête. Mais peu à peu, chaque chose trouve sa place. Celle qu'elle semblait devoir occuper depuis toujours. L'accrochage, répète la patronne, c'est tout ce qui fait la différence.

Il faut savoir accrocher le visiteur. Ce ne sont pas les tableaux qu'on accroche, mais ceux qui passent la porte, dit-elle. Et vous, explique-t-elle à l'artiste, vous ne pouvez pas savoir comment ils doivent se disposer chez moi. Et quand elle dit « chez moi », elle parle évidemment de cet endroit où elle est si rarement mais qu'elle doit avoir à l'esprit sans cesse. D'ailleurs, elle en rêve, dit-elle.

Et pendant ce grand remue-ménage, le collectionneur pique une tête, c'est son expression. Je passais par là, Bernadette, et je me suis dit que, peut-être, vous m'autorisiez à piquer une tête. À exercer votre droit de cuissage, plutôt, lui dit

Bernadette qui n'est pas dupe. Lorsqu'il s'attarde, lorsqu'il s'arrête devant certaines choses, lorsqu'il est intrigué par ce qui n'a pas encore trouvé sa place aux cimaises, elle sait que c'est gagné. Elle me fait un clin d'œil, elle est rayonnante. Son avis lui importe beaucoup. Il y a peu de personnes qui l'impressionnent, qui ont l'air d'avoir de l'autorité sur elle. Le collectionneur, bien sûr, qui lui donne ou non sa bénédiction. Et puis le critique.

Le critique est un grand chauve, d'un âge avancé, mais toujours d'attaque, et qui prend lui aussi les devants. Il déteste les attroupements, dit-il, pour expliquer qu'il n'est jamais là aux vernissages. Il a déjà fait son tour d'inspection. Il a un œil de faucon. Lui, il se poste en plein milieu de la pièce, et il la considère d'un long regard panoramique. Puis il fonce vers l'un ou l'autre cadre, comme l'aigle sur sa proie. C'est pas mal, ça, fait-il. La patronne, lorsqu'elle est là, se garde bien d'intervenir. Elle est comme clouée à son bureau, et fait semblant de s'occuper d'autre chose. Moi, je me fais toute petite, je vais me poster devant la vitrine. Je me donne l'air de ne m'intéresser qu'à ce qui se passe dans la rue

Qu'est-il devenu, le livre, d'ailleurs ?

des Minimes. En fait, j'observe son reflet dans la vitre. Il ne s'attarde jamais. Quelques minutes lui suffisent. Il sort en bougonnant quelque chose. Je le connais depuis des années, m'a dit la patronne, il ne m'a jamais adressé la parole. À peine un salut entre ses dents, en entrant et en sortant. Mais ce qu'il écrit, il faut voir ce qu'il écrit !

Le jeudi qui suit sa visite paraît son article. Souvent, la patronne est arrivée avant moi. Elle s'est empressée de découper le papier et de l'épingler à côté de l'entrée. De l'extérieur, déjà, j'ai pu deviner ce qu'il avait écrit. Cela se devine à son attitude. Le pire, c'est lorsqu'elle a la tête dans les mains et qu'elle est plongée dans sa lecture. Quand elle m'avise enfin, elle me sourit tristement, et fait : On décroche tout, on arrête les frais ! Il faut alors que je la rassure, que je lui dise que des gens ont aimé, je lui glisse l'album où les visiteurs notent leurs commentaires. Regardez, lui fais-je, il n'y a pas que les critiques qui ont des avis. Oui, mais ils n'écrivent pas dans le journal. Quand il dit son avis, des tas de gens le suivent. J'ai observé ça tant de fois. Pourquoi aurait-il raison, lui dis-je. Suzanne, ma petite Suzanne, vous ne savez pas comme il est dur, ce métier.

Moi, alors, je préfère me taire. Si elle savait ce qu'était la vie de ma mère. Des années durant elle n'a fait que des prises de sang dans une clinique. Du matin au soir, son travail a consisté à chercher la bonne veine dans le pli du coude, à enfoncer l'aiguille sans se tromper, à remplir des éprouvettes, à coller des étiquettes. Et lorsqu'elle a eu son cancer, alors qu'elle vivait parmi les médecins, elle n'en a rien dit à personne. Il a fallu que l'un d'entre eux, en la voyant passer dans le couloir, lui désigne son ventre et lui fixe rendez-vous le lendemain pour qu'elle accepte de se faire examiner. C'était trop tard, six mois après…

Elle est tellement dévastée, la patronne, lorsque son artiste ne récolte pas les louanges du critique. Dans ces cas-là, elle ne remet plus les pieds dans la galerie jusqu'à la fin de l'exposition. Pour moi, c'est la paix royale. Son pronostic se vérifie, en plus. Les visiteurs se font rare. J'ai tout le temps à midi. Je prolonge les déjeuners avec Véronique, elle me raconte les dessous de sa clientèle. Tu n'imagines pas, ou plutôt tu ne peux qu'imaginer ce que les femmes portent comme lingerie. Moi, je sais, je suis même là pour les encourager à aller dans leur sens. Plus elles vieillissent, plus ça se corse. Toi, tu dois toujours en être aux modèles Petit Bateau. Là, je me dis que je n'ai pas encore mis les pieds dans son magasin. Je pourrais au moins lui démontrer le contraire. Je me tais, et je suis tout ouïe. La femme du marchand de petits trains, je te dis pas. Il faut que je la tienne au courant de tout ce qui arrive. Le dernier cri, qu'il lui faut. Elle veut toujours être à la pointe. Quelle pointe ? je lui fais. Les occasions de rire, ce n'est pas ça qui manque.

Lorsqu'une exposition ne donne rien, la patronne téléphone à Octave. C'est ce qu'elle me dit quand elle consent à revenir à la galerie. Octave, c'est sa tête d'affiche, son produit d'appel. Toutes ses expos sont des succès, depuis des années. Quand il a de quoi montrer quelque chose. Parce qu'Octave ne travaille pas à la chaîne. C'est ce qu'il lui répond lorsqu'elle le presse un peu trop. Je ne suis pas une vache à lait, lui balance-t-il. Dans ces cas-là, elle tremble sur ses bases. Mon petit Octave, vous allez encore faire croire que je vous presse. On ne presse pas un génie, je sais ça mieux que personne. Il vous faut le temps de laisser infuser, vous me l'avez répété assez souvent. Mais voilà, il n'y a pas que moi qui vous réclame.

Et elle lui raconte que la terre entière se languit d'une exposition de lui. C'est la meilleure manière de l'amadouer. Si elle le rappelait à ses obligations à son égard, la mensualité qu'elle lui paie, le contrat qu'ils ont signé, il le prendrait très mal, et elle risquerait fort qu'il lui claque la porte au nez. Elle fait tout le contraire : puis-je vous faire plaisir, Octave ? Dites-moi ce qui ferait votre bonheur, vous savez bien que je ne peux rien vous refuser.

Octave, la première fois que je l'ai vu, m'a littéralement scannée du regard. Quand on le voit, on ne voit d'abord que cela : son regard, on est absorbé par cette avidité qui lui sort des yeux. J'ai eu l'impression d'exister, tout à coup. C'est vous, la nouvelle petite ? il m'a fait. Vous aimez ça, la peinture ? Je lui ai dit que je n'y connaissais rien. Il n'y a pas à connaître, y a à se laisser capter. Ravir, ou pas. Oh, là, je lui ai dit, je suis ravie d'être ici. Ici, parmi ces croûtes ? il m'a fait. Il a montré ce qui était exposé à ce moment-là. J'ai compris qu'il ne les aimait pas. Non, lui ai-je fait, je suis ravie d'avoir trouvé du travail ici.

C'est quoi, votre travail ? Parfois je me demande si je travaille vraiment. Je suis assise à ma table, j'attends. Quand des gens entrent et

Le petit café d'en face, le magasin de lingerie…

qu'ils restent plus longtemps que d'habitude, je leur demande si je peux les aider. Avant, ils s'en allaient quand je disais ça. Maintenant, ils restent. Je crois que j'ai appris à mieux deviner ceux à qui je devais m'adresser. Vous êtes une gardienne, alors, une sorte de vestale ? Moi aussi, j'ai fait ça quand j'étais jeune. Ils avaient besoin de gardiens de salle au musée d'Art ancien, rue de la Régence, je me suis présenté. Je restais toute la journée assis sur ma chaise dans la salle des Rubens. J'adorais ça : je crois que c'est là que j'ai appris mon métier. J'ai pu apprendre les tableaux par cœur, et voir comment les gens se comportaient devant. Un musée est un drôle de lieu, ce n'est pas un cadre naturel. Mais le cadre naturel de ces œuvres était le plus souvent inaccessible. Alors, un musée, ça vaut mieux que rien.

Je me taisais. Je l'écoutais. J'avais l'impression qu'il m'avait oubliée. Il a reposé les yeux sur moi. Donc, si je comprends bien, vous êtes dans le ravissement, comme je vois. Vous m'en voyez ravi. En plus, vous êtes ravissante, on ne vous l'a jamais dit ?

Nous étions toujours en conversation quand la patronne est arrivée. Octave, tout de suite, a fait mon éloge. Vous lui avez tapé dans l'œil, dit-elle, méfiez-vous, Suzanne, c'est un prédateur. Vous lui plaisez, il vous englue, avant que vous ne vous en aperceviez, il vous a déjà dans ses filets. On n'est jamais trop prudentes avec des hommes pareils. Oh, les hommes…, lui ai-je dit. Quoi, les hommes ? m'a-t-elle demandé ; avide d'en savoir plus. Vous en savez long sur les hommes, vous ? Il est vrai que de nos jours, on va plus vite en besogne dans ces choses-là. C'est mieux, notez. Nous, on prenait son temps, on n'était pas préparées, on ne savait rien d'eux et on croyait qu'on devait tout en attendre. On tombait de haut. Vous, vous ne vous faites déjà plus d'illusions, vous êtes vaccinée, je vois ça.

Je l'ai laissé dire. Elle ne m'aurait pas crue si je lui avais dit que je ne voyais pas contre quoi je devais être vaccinée. Et que je ne voyais pas pourquoi il fallait l'être contre les hommes. Pourquoi pas contre les chiens ou les perroquets ? Un homme, d'abord, c'est quelqu'un. D'intéressant ou pas, de plaisant ou pas, d'appétissant ou pas. Octave, je l'ai placé tout de suite dans ces trois catégories.

Intéressant, c'est le moins qu'on puisse dire. Tout ce qu'il dit me passionne. Il est comme une pile électrique. Il est bourré d'énergie, et j'ai l'impression qu'il la répand autour de lui quand il parle. Plaisant, et comment ! Il est drôle, rien qu'à le regarder. Il a l'air d'un troll. Il est tout rond, il est plein de cheveux, et ses lunettes sont toujours embuées. Ça n'empêche pas que ses yeux ont l'air de lui sortir du visage. Et il parle si vite qu'il mange ses mots. Mais il arrive toujours à en faire sortir tout le jus. J'aime quand il en prononce certains, qui sont comme des fruits qu'il presse. Préambule, ou perspective, ou parodie, des mots comme ça, quand il les emploie, j'en mangerais. Ça les rend encore plus appétissant. Il est comme un grand cuberdon, Octave, un cuberdon à l'échelle humaine. J'ai eu tout de suite envie de lui passer les mains dans les cheveux, de m'enrouler en lui comme dans un édredon. Plus il disait de choses sérieuses, plus je me voyais faire des cabrioles avec lui dans une grande bulle pleine de coussins.

Octave m'a un jour demandé à quoi j'occupais mon temps quand je n'étais pas à la galerie. Il ne m'en reste pas beaucoup, je lui ai dit. Le matin, je dors. Le plus longtemps que je peux. C'est même mon occupation favorite. Je lui ai avoué qu'il m'arrivait de dormir assise, accoudée à la table, le menton bien calé dans mes poings, et que quelques minutes, parfois, me suffisent. Je fais un somme, ni vu ni connu. La petite sonnerie qui retentit quand un client met le pied sur le paillasson me suffit pour retrouver mes esprits. Mais, bien sûr, c'est dans mon lit que je me sens le mieux. Moi, m'a-t-il dit, je ne pourrais pas faire comme vous : j'ai besoin de mon hamac pour trouver le sommeil.

Mais alors ; vous dormez seul ? Ma remarque a fusé comme un cri. Elle m'a échappé d'un coup. Il allait croire que j'étais effrontée. Il n'a rien relevé. Vous savez, on peut très bien tenir à deux dans un hamac : ce n'est même pas désagréable. Tout dépend de l'espace dont on a besoin pour roupiller à l'aise. J'ai aimé l'expression. Il y a donc des hommes qui savent ce que veut dire de roupiller à l'aise ; le comble du luxe. Enfin, moi je trouve.

Il voulait tout savoir. Et si vous vous levez tard, vous vous couchez aux petites heures ? À votre âge, je n'arrivais pas à me résoudre à aller dormir. D'ailleurs je n'avais pas de lit. Je transportais mon hamac avec ma boîte de peinture. Et je l'installais là où c'était nécessaire. Le mot nécessaire

En face, aussi, il y a ce magasin de trains électriques…

m'avait intriguée : il avait vu que je levais un œil après qu'il l'eut prononcé. Vous voulez dire : là où il n'y avait pas de lit sur place ? Ou là où on ne vous invitait pas à en partager un ? J'imagine qu'on était généreux avec vous. Là aussi, j'ai raté une occasion de me taire. Pour partager un lit, il faut être deux, avait-il dit. Chacun a son mot à dire. Sélectif, alors ? lui ai-je fait. À ma manière.

Je ne lui avais pas répondu sur la longueur de mes nuits. Je lui ai seulement rappelé que les heures avant minuit comptaient double. Je m'en suis aperçu, oui, ou plutôt la faculté m'en a fait souvenir. Si l'on se couche à dix heures, et qu'on se lève à quatre, on a une nuit complète de huit heures. On a droit à la promesse de l'aube. Je crois que c'est quand il m'a dit ça que quelque chose a vibré en moi, vraiment. Cette expression : la promesse de l'aube. Jamais je ne l'avais entendue. Je me la suis répétée au fond de moi. Il s'est inquiété : vous ne dites plus rien ? C'est la promesse de l'aube, lui ai-je dit. C'est vrai que les aubes sont des promesses, mais je n'y avais pas pensé.

Mais vous l'avez ressenti, sinon vous n'auriez pas réagi, et c'est l'essentiel. On ne réagit qu'à ce que l'on sait déjà au fond de soi. C'est à ça que nous servons, nous les artistes, on aide les autres à plonger en eux-mêmes. Et à découvrir ce qui y est enfoui. Vous saviez que l'aube est une promesse. Simplement, vous ne vous l'étiez jamais avoué, c'est tout. D'ailleurs, moi je n'ai pas trouvé ça tout seul non plus. C'est un livre qui me l'a dit, je vous le passerai. Vous voulez dire que vous allez me le prêter ? Non, les livres qui comptent, on ne les prête pas, puisqu'on ne les récupère jamais. S'il importe à celui à qui on l'a transmis, il le garde pour lui, c'est normal. Et si ça se trouve, il le passe à quelqu'un d'autre, et la chaîne continue. J'ai des livres, comme ça, que j'ai dû racheter des tas de fois. Mais ils m'ont permis de me faire plein d'amis.

On s'est dit toutes ces choses la première fois qu'on s'est vus, Octave et moi. Quelque chose m'a dit que j'avais eu raison de m'arrêter devant cette galerie, d'en pousser la porte, d'accepter d'y travailler, de rester assise derrière cette table de verre durant tant d'heures, puisque ça m'avait permis de rencontrer Octave, et qu'il me parle de la promesse de l'aube.

J'ai remarqué qu'il avait changé de méthode avec la patronne. Il était moins prétentieux, moins cassant. Il n'était plus l'artiste qui se fait prier par la galeriste. Il devenait partie prenante. Au point qu'elle était intriguée. Mais qu'est ce qui nous a changé Octave ? s'interrogeait-elle. Il doit s'être passé quelque chose dans sa vie. Il se passe toujours des choses dans la vie de tout le monde, lui ai-je dit. Vous, moi, on est dans la vie comme dans un tourbillon, pourquoi changerait-on pour ça ? Suzanne, me dit-elle les yeux ronds, vous êtes une drôle de fille. Le même jour, à midi, Véronique m'avait dit quelque chose d'approchant. Tu sais, depuis ma boutique, quand je n'ai pas de client, je te regarde faire, et ça me fait une drôle d'effet. Tout simple : tu me calmes. Je te vois assise à ta table de verre, et c'est comme si la paix m'envahissait. Comment tu fais ? À longueur de journées, je vois des femmes défiler chez moi, elles sont pleines d'angoisses, elles croient que mes fanfreluches vont les rassurer. Elles fouillent dans les rayons, elles tâtent les étoffes, comparent les modèles, et puis filent dans les cabines d'essayage. Parfois, elles m'appellent pour une raison ou pour une autre. Je sais que c'est pour que je les regarde. Parfois, plus souvent que tu crois, elles sont belles à tomber par terre. Je le leur dis, gentiment, je trouve les mots qui devraient les mettre à l'aise avec elles-mêmes, mais rien n'y fait, dirait-on. Elles finissent par se décider, elles emportent quelque chose parce qu'elles ont pitié de moi, qu'elles ont honte de m'avoir fait perdre mon temps, mais elles ne sont pas sûres du tout de leur affaire. Elles s'en vont avec leur parure secrète, parfois elles la portent déjà sur elle, sous leurs vêtements visibles, elles doivent sentir la soie sur leur peau, mais ça ne leur fait ni chaud ni froid. Je ne crois pas que j'aie résolu quoi que ce soit dans leur petit désordre intérieur. Ça me fout le cafard, je me demande à quoi je sers, et puis je te regarde. Le plus souvent, tu es seule, au milieu de tes tableaux, tu suces ton crayon, tu téléphones, tu dessines machinalement, le plus souvent tu lis, et je me sens mieux rien qu'à t'observer. Ce n'est pas toi qui viendrais un jour farfouiller dans mes nippes.

Et bien si, lui ai-je dit, j'en ai l'intention, j'ai comme l'impression que ça va être le moment. Là, tu m'intéresses. Pourquoi plus que d'habitude ? lui ai-je dit, déçue. Je t'intéresse davantage pourquoi ? Parce que tu te dis que je vais vivre une aventure, que je m'équipe pour le grand décollage ? C'est pas du tout ça. Ton étalage me

Octave, la première fois que je l'ai vu, m'a littéralement scannée du regard…

donne des envies, c'est tout. Moi aussi, je t'ai à l'œil. Je suis aux premières loges. Ta boutique est comme un tableau vivant. Y a tes silhouettes en vitrine, tes corps translucides sur lesquels tu ajustes tes parures. Et puis, de temps en temps, quelqu'un entre. Si c'est un homme, je n'y vois goutte. Tout se passe entre vous. Tu lui montres des choses, il les tâte, les compare, les commente, j'imagine. Mais je n'arrive pas à deviner qui va les porter, ces tenues. Je n'entends pas ce qu'il dit, ce que tu réponds. Les signes me manquent. Je vois à peine ce que tu lui montres. Tu devrais les disposer sur toi, tes modèles. Ça jamais, s'exclame alors Véronique. Tu m'as déjà bien regardée ? Bien sûr, je lui réponds, que je t'ai déjà bien regardée, je te regarde tout le temps.

Tandis que lorsqu'une femme entre, c'est tout différent. Là, je redouble d'attention. Parce que tu parles beaucoup moins, tu montres, tu exposes, tu exhibes ce que tu as dans tes armoires, tes tiroirs et tes penderies. Et elles, elles les jaugent de tout leur corps. Je les vois qui se penchent, se déhanchent, se cabrent. Elles rentrent le ventre, tendent leur poitrine, elles sont déjà parées, déguisées. Et puis, elles essayent. Je ne vois plus que leurs bras, qui passent le rideau, qui te tendent un slip, un soutien-gorge dont elles ont constaté qu'ils ne leur allaient pas. Toi, tu t'affaires, tu cherches autre chose, tu ne voudrais pas pour un empire qu'elles s'en aillent bredouilles. C'est vrai, avoue Véronique, je ne supporte pas cette idée. D'ailleurs ça n'arrive jamais. Probablement parce que je leur laisse le temps. Même s'il y a plusieurs clientes, je ne force jamais l'allure. Et les autres, qui sont forcées d'attendre, ne se plaignent jamais. Ou alors, elles disent qu'elles reviendront plus tard. Et, le plus souvent, c'est vrai : elles reviennent.

Tes clientes sont des fidèles, je le remarque, ce sont souvent les mêmes. Ça commence à trente ans en moyenne ; il y en a qui sont plus précoces, et les aînées, on peut de moins en moins deviner leur âge. Ce qu'elles voudraient, en entrant chez moi, dit Véronique, c'est ne plus en avoir du tout.

Ce n'est pas mon cas, lui ai-je dit. Je me fous de mon âge. C'est pas pour ça que je voudrais venir farfouiller dans tes nippes, comme tu dis. Entre moi toute habillée et moi toute nue, je voudrais qu'il y ait un palier, tu comprends ?

C'est les tableaux d'Octave qui m'ont fait penser à ça. Elles ne sont pas toujours nues, ses jeunes filles. Elles portent de la soie, qui se drape autour d'elles. C'est comme une autre peau, dont elles sont en train de s'extraire. Des chrysalides, si tu veux. C'est peut-être pour ça qu'elles viennent te voir, tes clientes, pour se prendre pour des papillons ? Là, je crois que tu rêves en couleurs, c'est très joli, ce que tu dis, mais j'ai pas l'impression que c'est leur mobile principal. Il y en a qui viennent pour elles-mêmes, plus souvent qu'on ne pense, elles cherchent à se plaire. Une satisfaction toute personnelle. Elles s'embellissent, mais ne s'exposent pas. D'autres imaginent l'effet qu'elles vont produire sur quelqu'un de précis, que je finis par connaître, même sans qu'elles ne m'en parlent. Dis-moi comment tu couvres ta peau, je te dirai qui tu aimes.

Qui tu aimes ? Qui tu désires, plutôt, par qui tu veux être désirée, lui ai-je rétorqué tout net. C'est venu comme ça, sans y penser. Donc, tu veux être désirée, Suzanne ? Et par qui, je peux savoir ? Tu interroges tes clientes ainsi, tu les soumets à la question ? Tu n'es pas une cliente, tu es mon amie. Les amies respectent les jardins secrets. En prononçant ces mots, je voyais les taillis comme Octave sait les peindre, le galbe des feuillages devant lesquels ses filles s'alanguissent, le glissement insensible des plantes et des corps, l'immersion de la chair dans la végétation, et les étoffes comme de minces enveloppes entre les deux.

Jardins secrets, dit Véronique, je n'en fréquente pas d'autres. On vient chez moi avec son jardin secret en tête, et on s'équipe pour mieux s'y sentir chez soi. Dans la boutique à côté, c'est pareil. La plupart des amateurs de petits trains sont des adultes, des gamins qui n'ont pas grandi et qui sont restés enfouis dans leurs jeux d'enfants. Tu as vu leur manège quand ils poussent la porte du magasin ? Ils vérifient bien si personne dans la rue ne les a reconnus, regardent à droite et à gauche, il s'agit de leur univers, ils repartent avec leur locomotive, leurs wagons, leur passage à niveau miniatures serrés contre eux. Et chez toi c'est pareil. Ton collectionneur, qu'est-ce qu'il recherche, tu penses ? Il fait un voyage, de tableau en tableau, il étend son empire, qu'il capte dans les territoires des autres, il en fait un gigantesque jardin, son paradis à lui, à son image, tu ne penses pas ? Tu viens quand tu veux, je te montrerai de

Véronique m'avait trouvé un top en soie bleu nuit aux toutes fines bretelles…

nouvelles collections, j'essaierai de deviner pour qui tu te mets en frais comme ça, j'ai déjà ma petite idée…

Octave a accepté l'offre de la patronne. Il a demandé un délai minimum. Celui de peindre une toile qui lui paraissait devoir figurer dans l'exposition. Et de disposer de moi comme modèle. Quoi, vous voulez me prendre Suzanne, ça vous ressemble bien ! s'est exclamée la patronne. Non, pas vous la prendre, l'emprunter seulement. Je vous la rendrai, Bernadette ! Oui, après usage. Je n'osais pas placer un mot. Mais je sentais que j'allais être ravie, et ça m'enchantait. Deux semaines, et le matin seulement, ça vous va ? La patronne a compris qu'elle n'avait pas le choix. Elle s'est contentée de dire : Vous voyez, Suzanne, je vous avais prévenue. J'ai joué l'employée soumise. Je ne ferai rien sans votre permission, madame. Il me l'arrache, ma permission, ce bougre. Vous savez que je ne peux rien refuser à Octave, mais soyez ici à quatorze heures, et je ne réduirai pas votre salaire, je considérerai que vous faites des heures supplémentaires.

Chez Octave, je n'ai même pas dû me mettre nue. Véronique m'avait trouvé un top en soie bleu nuit aux toutes fines bretelles et qui m'avait fait flasher tout de suite. Restez comme ça, c'est magnifique, s'est-il exclamé. J'avais un vieux livre qui dépassait de ma gibecière. Vous avez pris de la lecture ? On m'a dit que les séances de pose pouvaient paraître longues, alors j'ai pris ça, à tout hasard. Vous allez pouvoir lire tout votre saoul, Suzanne, je voulais peindre une lectrice, et votre livre est parfait, il est un peu fatigué, il convient mieux que l'un de ceux que j'aurais pu vous glisser dans les mains…

J'ai aimé le silence de ces matinées, je restais assise sur un banc qu'il avait placé devant la verrière de son grand atelier, exposée au nord. Je tenais le livre d'une main, j'avais une pomme dans l'autre, dans laquelle je croquais comme je voulais, il la peindrait durant les après-midi, m'a-t-il dit. J'entendais à peine le bruit de sa brosse sur la toile. Il ne disait rien, il ne mettait même pas de musique. On entendait, très doucement, les pinceaux qui disposaient les couleurs, et les pages du livre que je tournais. C'était *L'empire céleste*, et moi j'étais au septième ciel…

Au moment de l'accrochage, la patronne fut catégorique : il fallait que *Suzanne à la pomme*, puisqu'ainsi s'appelait le tableau, soit accroché derrière ma table. Je trouvais que c'était un peu gros, de me voir devant mon image, mais elle ne voulut pas en démordre, et je sentis qu'Octave était plutôt acquis à l'idée aussi.

Dès le vernissage, les amateurs se sont rués vers le cadre en question, mais le collectionneur avait évidemment pris option dès la veille. La patronne a introduit deux clauses dans le contrat de vente : qu'on puisse m'exposer à chaque salon d'ensemble des artistes de la galerie, ainsi que lors de chacune des expositions d'Octave. J'en ai conclu qu'elle n'envisageait pas de se séparer de moi : ça rassure.

J'ai fait faire des affaires à Véronique. Elle avait passé un carton d'invitation à Amédée, à qui mon top a tellement plu qu'il en a voulu trois, pour chacune de ses amies. Quant au critique, il a si bien parlé du silence dans l'atelier d'Octave que j'ai retenu son article par cœur : « Ce silence qui n'en est pas un, puisqu'il est troué par d'infimes manifestations : un souffle à peine perceptible, un cœur inaudible mais vigilant, qui bat sans doute au secret de ces anatomies, le bruissement d'une page qui se tourne, car on lit beaucoup dans cet univers paisible. Ou plutôt, on laisse les pages reposer, et leurs messages se décanter dans la mémoire d'un sommeil mitoyen, d'un état frontalier entre veille et immersion dans l'inconscience. Nous sommes les destinataires de ces bribes de textes en train de se redisposer dans une mémoire encore innocente, mais déjà savante, qui sait les secrets que les mots distillent. »

Et le midi, quand je vais déjeuner avec Véronique, j'ai l'impression de ne pas avoir déserté mon poste. L'autre Suzanne est là, qui croque sa pomme, lit son livre, et veille au grain…

L'autre Suzanne est là, qui croque sa pomme,
lit son livre, et veille au grain…

Parus chez maelstrÖm reEvolution

Poésie

La poésie est un acte. La meilleure poésie c'est notre vie.
Désoccultez votre poésie.

Daniel De Bruycker *9 Neuvaines 7 à 9* · Amir Or *Ailes* · Els Moors *Knalpatronen/Pyrotechnies/Knallkörper* · René Daumal *Poème à Dieu et à l'Homme* · Anne Waldman *Harmonies Jaguar/Jaguar Harmonics* (livre/CD) · Tom Buron *Nadirs* · Collectif L-SLAM *On ne s'excuse de rien !* · Dominique Massaut *Débordements* (livre/CD) · Pascal Leclercq *Analyse de la menace* · Laurence Vielle *Domo de Poezia* (livre/CD) · Gioia Kayaga *Tram 25* (livre/CD) · Léo Beeckman *Poèmes quantiques* · Otto Ganz *Du fond d'un puits* · Daniel De Bruycker *9 Neuvaines 4 à 6* · Cee Jay *Le prophète du néant* · Rolf Doppenberg *Sel de nos veines* · Sohrab Sepehri *Histoire de lune d'eau et de vent* · Benjamin Pottel *J'infiniments nous* · David Giannoni *La foi la connaissance et le souvenir* · Michel Bulteau *Fantômes et vivants* · Antonio Bertoli *Astres et Désastres/Astri e Disastri* (livre/DVD) · Jack Hirschmann *L'Arcane du Viêt-Nam* · Amir Or *Dédale* · Laurence Vielle *OUF* (livre/CD) · Kenny Ozier-Lafontaine *Billes* · Daniel De Bruycker *9 Neuvaines 1 à 3* · Lawrence Ferlinghetti *Poésie Art de l'Insurrection* · Lawrence Ferlinghetti *A Coney Island of The Mind* · Lawrence Ferlinghetti *Blind Poet (Poète aveugle)* · Alejandro Jodorowsky *Solo de Amor* · Alejandro Jodorowsky *Les pierres du chemin* · Alejandro Jodorowsky *De ce dont on ne peut parler* · Serge Pey *Droit de Voirie* · Serge Pey *Appel aux Survenants* · Antonio Bertoli *Territoires du Cœur* · Gaston Compère *Lux Mea* (livre/CD) · Fernando Arrabal *La pierre de la Folie* · Anne Waldman *Fast speaking woman* · Dwayne Morgan *Le Making Of d'un Homme* · Martin Bakero *ViceVersa* · Marianne Costa *Pin-Up Chrysalide* · Werner Lambersy & Otto Ganz *Ecce Homo* · André Beem *La Traversée d'Ici* · Daniel De Bruycker *Jātaka de l'Arbre*

Romans, récits & nouvelles

Chantal Deltenre *Où part l'amour* . Pascale Moulias *Sur le chemin* . Yumma Mudra *La Voie qui danse* . Evrahim Baran *Le Syndicaliste, le Soufi et moi* . Sophie Favennec-Buyse *Amour et Kabbale* . Jean Claude Bologne *L'âme du corbeau blanc* . Otto Ganz *Les Vigilantes* . Rose-Marie François *La Belle enceinte* . Patrick Lowie *Le rêve de l'échelle* . Luc Baba *Chroniques d'une échappée belle* . Carmelo Virone *Battre les cartes* . Gilles Farcet *La joie qui avance chancelante le long de la rue* . Chantal Deltenre *La Forêt-Mémoire* . Krzysztof Styczynski *Rien d'Officiel* suivi de *Ç* . Serge Delaive *Nocéan* . Gustave Flaubert *Madame Bovary*, adaptation théâtrale de Paul Emond . Nicolas Ancion *Invisibles et remuants* . Rose-Marie François *Course lente avant l'aurore* . Kenan Görgün *Delia on my mind* . Gérard Mans *Poche de noir* . Martin Ryelandt *Le Cavalier* . Ben Arès *Tromba, une transe* . Serge Noël *Aux premières heures d'un jour nouveau* . Isabelle Wéry *Marilyn désossée* . Paul Emond *Les vingt-quatre Victoires d'étape du peintre Belgritte* . Paul Emond *Tristan et Yseut* . Evrahim Baran *Pressé Immobile* . Evrahim Baran *La septième ville* . Evrahim Baran *De ce côté du Mur* . Gaston Compère *Au plus blanc de la nuit* . Vladimír Mináč *Le Producteur de bonheur* . Chantal Deltenre *La Maison de l'Âme* . Chantal Deltenre *La Cérémonie des poupées* . Chantal Deltenre *La Plus que mère*. Corentin Jacobs *Compte à rebours contre l'Occident* . Éric Dejaeger *Le Seigneur des Ânes* . Gaetan Saint-Remy & Mathieu Pierloot, *Charly Solo* . Renaud Coppens *La Ligue Hollywood* . Damien Spleeters *Tout ça c'est dans ta tête* . Damien Spleeters *Transere* . Patrick Roegiers *Le Journal d'Aurore* . Sophie Buyse *L'Organiste* . Sophie Buyse *Confidences de l'Olivier* . Sophie Buyse *Autopsy* . Olivier Dombret *Journal d'un jeune branleur* . Anne Guilbault *La Cour* . Otto Ganz & Anne Guilbault *On vit drôle* . Denys-Louis Colaux & Otto Ganz *L'Arbre d'Apollon* . Denys-Louis Colaux *Je Hais les poètes (vivants) !* . Collectif *Descentes dans le Maelström* . André Beem *Asymptote/Quatre positions du dormeur* . Guy Montens *H.V.T. Hysterical Visionary Tour*

Livres graphiques et hors collection

Chiara Mulas *Corona Mask* . Sylloge *Paroles données paroles perdues ?* . Collectif *zOOdiac* . Chantal Deltenre *Écrire en marchant* . Marianne Costa & Vince Larue *Filles seules*, BD . Kenny Ozier-Lafontaine & Vincent Lefèbvre *bulles* stripoétique . Marcheurs des Temps présents *Pays dans un pays,* récits . David Giannoni & Daniele Bacci *La Face cachée de la Ville*, L'intégrale BD . Collectif *L'Arcane de la Force* . Jean-Luc Lupieri *L'art d'action à l'ombre de Diogène,* Essai . Collectif MANIFESTEMENT *Chronique du Rattachement de la Belgique au Congo* . Collectif MANIFESTEMENT *Dégagisme du Manifeste* . Collectif MANIFESTEMENT *Manifeste du Dégagisme* . Aliette Griz, Anne Versailles & Julien Le Gallo *Neuf.0* . Luvan *Le Chevalier rouge,* illustré par Ambre . Thierry Van Roy *Sibérie noire* . Paul Emond *Les Aventures de Mordicus* mises en images par Maja Polackova . David Giannoni *Contes de Nod* mis en images par Sylvie Leroy . Soline de Laveleye *Les phrases de la mâcheuse* contes mis en images par Dominique Maes . Martine Cornil *Bords de Mondes* (avec textes de 29 auteurs) . Damien Spleeters *West We Go* . Philippe Remy-Wilkin *Le Livre de Mahomet,* illustré par Nikolas List . Philippe Remy-Wilkin *L'Épopée de Gilgamesh,* illustré par Nikolas List . O. Ganz & C. Amatheü *La Toute fine ombre des fleurs* . Nele Paxinou *Ne laissez pas mourir vos rêves* . Nikolas List *La Vallée des Rois* . Collectif *Devoir de Mémoire*

Ainsi que de nombreux *Booklegs*
(livrets à 3€ – poésie théâtre contes) et livres de poche

Imprimé dans la dignité sur les presses de la
Maison de la Poésie d'Amay (Belgique) pour l'intérieur et le façonnage
et chez Vervinckt (Liège, Belgique) pour les couvertures